D0715908

Madame
OUI

Collection MADAME

MONSIEUR **MADAME**

MONSIEUR **MADAME**

Madame
OUI

Roger Hargreaves

hachette
JEUNESSE

Dis-tu souvent non?

Oui?

Eh bien, tu n'es pas comme madame Oui.

Elle, elle ne sait pas dire non.

Par exemple,
quand madame Beauté lui demande :

— Mon nouveau chapeau,
vous le trouvez beau ?

elle répond toujours :
— Oui !

Pourquoi ?

Parce qu'elle ne peut pas dire non.

Par exemple,
quand monsieur Tatillon lui dit :

– Oh, ce brin d'herbe n'est pas droit !
C'est une catastrophe, n'est-ce pas ?

elle répond toujours :
– Oui, en effet !

Pourquoi ?

Pour ne pas lui faire de peine.

Un dimanche...
Au fait, était-ce bien un dimanche?

Oui! Madame Oui vient de le confirmer.
Donc, ce dimanche, son téléphone sonna.

— Oui, qui est à l'appareil?

— Monsieur Glouton.
Voulez-vous venir pique-niquer
dans mon jardin avec madame Dodue?

— Oui, bien sûr!
répondit, bien sûr, madame Oui.

Pourtant, ce jour-là, elle avait envie
de rester chez elle.

Elle partit donc et, en chemin,
elle rencontra monsieur Chatouille.

— Aimeriez-vous être chatouillée ?
lui demanda-t-il.

Devine ce qu'elle lui a répondu !

Oui, c'est cela !

Elle lui a répondu :
— Oui !

Pourtant elle était très chatouilleuse.

Quand monsieur Chatouille trouva
quelqu'un d'autre à chatouiller,
elle reprit son chemin.

Elle passa devant la pâtisserie
de madame Clafoutis et y entra.

— Je suis invitée chez monsieur Glouton,
dit-elle, je vais prendre
ce joli petit gâteau.

— Ce gros conviendrait mieux,
déclara madame Clafoutis.

— Oui, vous avez raison,
dit madame Oui, à juste raison.

– Oh, quel joli petit gâteau !
s'écria monsieur Glouton en découvrant
le gros gâteau de madame Oui.

Puis il ajouta :

– Croyez-vous que nous aurons assez à manger ?

Madame Oui n'eut pas le temps de dire oui.

Monsieur Glouton et madame Dodue
avaient déjà mangé tout, tout, tout.

Tout, sauf le gâteau.

— Gardons-le pour tout à l'heure,
décidèrent-ils.

Allons d'abord faire une petite sieste
chacun de notre côté
pour nous remettre en appétit.

— Oui, dit madame Oui.

Trente minutes plus tard,
tout le monde était de retour.

– OH, NON! Le gâteau a disparu!
gémirent monsieur Glouton et madame Dodue.

— Monsieur Glouton l'a dévoré!
cria ensuite madame Dodue.

Madame Oui, vous l'avez vu rôder autour,
n'est-ce pas?

— Oui, répondit madame Oui.

Monsieur Glouton hurla :

— Non, ce n'est pas vrai.
Madame Oui, dites la vérité,
vous avez vu madame Dodue
saliver d'envie devant le gâteau !

— Oui, répéta madame Oui.

— Vous dites oui à tout ! protestèrent-ils.
Ce n'est pas normal...

— Oui, en effet, reconnut madame Oui.

— Alors, oui ou non,
savez-vous qui a mangé le gâteau ?

Devine ce qu'a répondu madame Oui !

Oui, c'est cela !

Elle a répondu :
— Oui !

Puis elle a ajouté...

— C'est moi,

et il était drôlement bon !

RÉUNIS VITE LA COLLECTION ENTIÈRE

1 — MME AUTORITAIRE
2 — MME TÊTE-EN-L'AIR
3 — MME RANGE-TOUT
4 — MME CATASTROPHE
5 — MME ACROBATE
6 — MME MAGIE
7 — MME PROPRETTE
8 — MME I...

9 — MME PETITE
10 — MME TOUT-VA-BIEN
11 — MME TINTAMARRE
12 — MME TIMIDE
13 — MME BOUTE-EN-TRAIN
14 — MME CANAILLE
15 — MME BEAUTÉ
16 — MME...

17 — MME DOUBLE
18 — MME JE-SAIS-TOUT
19 — MME CHANCE
20 — MME PRUDENTE
21 — MME BOULOT
22 — MME GÉNIALE
23 — MME OUI
24 — MME P...

25 — MME COQUETTE
26 — MME CONTRAIRE
27 — MME TÊTUE
28 — MME EN RETARD
29 — MME BAVARDE
30 — MME FOLLETTE
31 — MME BONHEUR
32 — MME...

33 — MME VITE-FAIT
34 — MME CASSE-PIEDS
35 — MME DODUE
36 — MME RISETTE
37 — MME CHIPIE
38 — MME FARCEUSE
39 — MME MALCHANCE
40 — MME TERREUR
— MME PI...

DES **MONSIEUR MADAME**

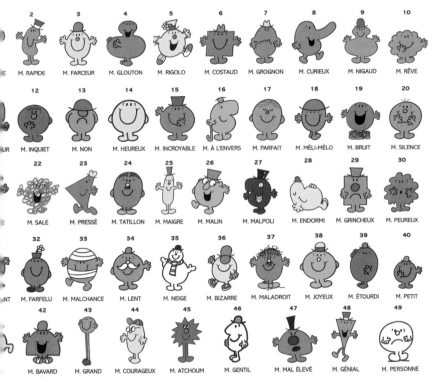

2	3	4	5	6	7	8	9	10
M. RAPIDE	M. FARCEUR	M. GLOUTON	M. RIGOLO	M. COSTAUD	M. GROGNON	M. CURIEUX	M. NIGAUD	M. RÊVE

12	13	14	15	16	17	18	19	20
M. INQUIET	M. NON	M. HEUREUX	M. INCROYABLE	M. À L'ENVERS	M. PARFAIT	M. MÉLI-MÉLO	M. BRUIT	M. SILENCE

22	23	24	25	26	27	28	29	30
M. SALE	M. PRESSÉ	M. TATILLON	M. MAIGRE	M. MALIN	M. MALPOLI	M. ENDORMI	M. GRINCHEUX	M. PEUREUX

32	33	34	35	36	37	38	39	40
M. FARFELU	M. MALCHANCE	M. LENT	M. NEIGE	M. BIZARRE	M. MALADROIT	M. JOYEUX	M. ÉTOURDI	M. PETIT

42	43	44	45	46	47	48	49
M. BAVARD	M. GRAND	M. COURAGEUX	M. ATCHOUM	M. GENTIL	M. MAL ÉLEVÉ	M. GÉNIAL	M. PERSONNE

Édité par Hachette Livre - 43, quai de Grenelle, 75905 Paris Cedex 15
ISBN :978-2-01-224830-4
Dépôt légal : janvier 1992
Loi n° 49- 956 du 16 juillet 1949, sur les publications destinées à la jeunesse.
Imprimé par IME (Baume-les-Dames), en France